Raimund gewidmet

Echnaton

Ein Schauspiel in 3 Akten

von

Johannes Baerlap

Bibliographische Information der
Deutschen Nationalbibliothek:
Die Deutsche Nationalbibliothek verzeichnet diese
Publikation in der Deutschen Nationalbibliographie,
detaillierte bibliographische Daten sind im Internet über
http://dnb.dnb.de abrufbar.

Herstellung und Verlag:
BoD – Books on Demand, Norderstedt

ISBN: 978-3-7534-6392-6

Personen

Echnaton, *Patient auf der geschlossenen Abteilung*

Hilfspfleger Kuntz

Die Große Schwester, *Stationsleitung*

Der Stationsarzt

Der Oberarzt

Wompepi, *Patient*

Lars-Ulrich, *Patient*

Der Anstaltspfarrer

Die Freundin *Echnatons*

Ein Pfleger

Ein Patient

Gott

1. Akt

1. Szene

Der Eingangsbereich einer geschlossenen psychiatrischen Station. Auf der linken Seite des Raumes die so genannte „Atosilbar" mit Tresen und einem Medikamentenschrank, rechts eine Sitzecke mit einer Couch, einem Tisch und zwei Stühlen. Über der Couch ein großes Bild von van Gogh, auf dem Tisch einige Zeitschriften.

Die GROSSE SCHWESTER steht am Medikamentenschrank, öffnet nacheinander mehrere Medikamentenflaschen und träufelt davon in einen Medikamentenbecher. Sie stellt den Becher auf den Medikamentenschrank und geht nach rechts ab. Von links kommt ECHNATON herein, begleitet vom Hilfspfleger KUNTZ und einem weiteren Pfleger. Sie fassen ihn links und rechts unter den Armen.

ECHNATON (*brabbelt halblaut vor sich hin*). Da bist du wieder mal zu Hause, Akin, da wo du hingehörst, du Verrückter. Hättest du nur auf Eje gehört, er wusste immer, wann es Zeit ist, mit der Theologie aufzuhören, ja, er hatte alles im Griff, hat den jungen Tutanchamun ausgebildet und für ihn regiert, er konnte ja auch nichts daran machen, dass alles wieder zum Amun ging, die Zeit war wohl vorbei, alle schrien „Gib mir Gold, gib mir Bier, gib mir Getreide, gib uns unsere Göt-

2

ter zurück", keiner dachte, was ich dachte, unverstanden war ich, einen Aussätzigen haben sie mich genannt, sie haben mich aus den Königslisten gestrichen, sie haben meinen Namen ausgemerzt, so wie ich den des Amun aus den Kartuschen getilgt habe. Gelitten habe ich für sie, der einzige Sohn, der den Vater kannte, der ihn verstanden hat, der seine Weisheit über Ägypten ausgegossen hat wie die Sonne ihre Strahlen.

PFLEGER. So, Tutanchamun, jetzt setzt du dich erst mal hin und wartest, bis der Arzt kommt. (*Zu Kuntz*). Ich möchte nicht wissen, was der sich eingefahren hat. (*Beide drücken ihn auf die Couch*).

KUNTZ (*geht zum Medikamentenschrank und kommt mit dem Becher zurück*). Der Begrüßungstrunk vom Oberarzt. Schön den Mund aufmachen und nicht wieder ausspucken!

ECHNATON (*trinkt*). Geile Medikamente habt ihr da. Schmeckt fast wie Rosenwasser, nur ein bisschen bitter. Was war denn drin?

KUNTZ. Fünfzig-fünfzig-fünfzig, wie immer.

ECHNATON. Ach so. (*Schaut in die Ferne und beginnt wieder zu brabbeln*). Merit, bist du es die ruft? Ich höre deine Stimme. Denkst du an mich, geliebte Tochter und Gemahlin? Auch du warst eine Königin, als Nafrit auf ihr Altenteil ging. Auch sie hat mich nicht mehr verstanden, nur du, meine Tochter, du warst die einzige. Alles wusstest du, was ich wusste, und

mehr als das, du besitzt die Weisheit der Frau. Dein Lächeln
war mir Ratgeber in allen Fragen, doch auch du musstest
gehen. Wo bist du, meine Geliebte, nah oder fern, sprich zu
mir! Wo bist du?

PFLEGER. Ich glaube, er hört Stimmen. Wirst du alleine mit ihm
fertig, Kuntz?

KUNTZ. Das mach ich schon. (*Zu Echnaton*). Du gehst jetzt ins Raucherzimmer. Wenn der Arzt kommt, rufen wir dich.

PFLEGER. Ich mach mich dann vom Acker, Kuntz. Grüß die Große
Schwester. (*Geht nach links ab. Man hört das Klirren eines
Schlüsselbundes*).

ECHNATON (*geht langsam nach rechts ab, brabbelt*). Nun bin ich wieder hier, Merit. Nun haben sie mich wieder eingesperrt.
Wofür, Merit, ich tue doch niemandem etwas? Das ewige
Rauchen. Die ewige Wiederkehr. Die Atosilbar. Wofür, Merit, wofür? Darf ich meinen Glauben nicht leben? Wir müssen uns verstecken, Merit, unsere Identität auslöschen, unsere Vergangenheit tilgen, sonst kriegen sie uns immer wieder, Merit, immer wieder! (*Geht ab*).

KUNTZ (*spricht zu sich selber*). So, der ist versorgt. Mann, hab ich
einen Hunger. Rauchen könnte ich auch eine. Hoffentlich
kommt der Arzt bald. (*Schaut auf die Uhr und bringt den leeren Becher zur Atosilbar. Die Große Schwester tritt ein, geht zur
Atosilbar und schlägt eine Akte auf*).

4

GROSSE SCHWESTER. Ach, Kuntz, hat der Neue seine Medikamente gekriegt?

KUNTZ. Alles in Ordnung.

GROSSE SCHWESTER. Der Arzt kommt in zehn Minuten.

KUNTZ. In zehn Minuten?

GROSSE SCHWESTER. Du kannst schon in den Pausenraum gehen. Aber lass mir eine Tasse Kaffee über.

KUNTZ. Alles klar. (*Geht ab*).

GROSSE SCHWESTER (*macht verschiedene Haken und kleine Notizen in die Akte*). Fünfzig Haldol, fünfzig Neurocil, fünfzig Atosil, renitent, nicht ansprechbar, wurde von der Polizei eingeliefert, weil er nackt über eine Wiese lief, langjährig bekannte Psychose wahrscheinlich auf Grund von Drogenkonsum, paranoider Charakter, verwahrlost, hält sich für einen ägyptischen Pharao. (*Schließt die Akte, steht auf und geht ab*).

2. Szene

Von links tritt der STATIONSARZT ein, steckt seinen Schlüsselbund in die Tasche, geht zur Atosilbar, schlägt die Akte auf und macht einige Notizen. Von rechts tritt die GROSSE SCHWESTER ein.

GROSSE SCHWESTER. Ach, Herr Doktor, schön, dass Sie so schnell da sind. Soll ich ihn holen lassen?

STATIONSARZT *(freundlich)*. Das können Sie gerne tun.

GROSSE SCHWESTER *(ruft laut nach rechts)*. Kuntz! Kuntz! Kommst du mal eben?

KUNTZ *(von außerhalb)*. Komme!

STATIONSARZT. Wie geht es denn Ihrem Asthma?

GROSSE SCHWESTER. Wenn ich genügend Pausen mache, geht es. Aber wann kommt man schon dazu, bei den ganzen Verrückten? Ich verliere noch einmal meinen Verstand, wenn wir nicht bald mehr Personal bekommen. Nur zwei volle Stellen bei zehn Patienten, wer soll das alles schaffen?

STATIONSARZT. Ich weiß, ich weiß. *(Kuntz tritt ein, wischt sich den Mund).*

KUNTZ. Hallo, Herr Doktor. *(Holt ein Taschentuch heraus und schnäuzt sich).* Das hätten Sie mal sehen sollen, so was von renitent, hätte mich beinahe angespuckt. Der braucht ordentlich was, sonst macht er Ärger, ich kenne die Typen. Soll ich ihn holen?

STATIONSARZT. Machen Sie das, Herr Kuntz. (*Kuntz geht ab*). Was sagen Sie, wie lange arbeitet Kuntz schon auf dieser Station?

GROSSE SCHWESTER. Seit vierzehn Jahren.

STATIONSARZT. Ich verstehe. (*Blättert in der Akte. Beide schweigen. Nach einer Weile treten Kuntz und Echnaton ein*).

ECHNATON (*zum Stationsarzt*). Sie sind mein Heiland. Sie sind wegen mir gekommen, nicht wahr? Sind Sie Rosenkreuzer?

STATIONSARZT (*lacht*). Nein, nein, ich bin nur der Stationsarzt. Ich werde mich ein bisschen um Sie kümmern. Setzen Sie sich doch! (*Beide nehmen Platz*).

KUNTZ. Ich geh dann nach hinten. (*Geht ab. Die Große Schwester folgt nach*).

STATIONSARZT. So, jetzt haben wir Zeit, uns ein bisschen zu unterhalten. (*Nimmt einen Stift und ein Blatt Papier*). Sagen Sie mir doch bitte erst einmal Ihren vollständigen Namen.

ECHNATON (*bedachtsam*). Anech Ra heka-acheti chai em achet em renef It-Ra ii em Iten.

STATIONSARZT. Ist das Ihr Name? Bedeutet das etwas?

ECHNATON. Das ist mein wahrer Name. Es bedeutet „Es lebe die Sonne, Herrscherin der beiden Horizonte, die am Horizont aufgeht in ihrem Namen als Vater des Re, der als Sonnenscheibe erscheint".

STATIONSARZT (*verständnisvoll*). Ach ja, Sie sind ja ein alter Ägypter. Und wie kann ich Sie nennen?

ECHNATON. Akin.

STATIONSARZT (*notiert etwas*). Gut, Akin, so werde ich Sie nennen. Was bedeutet das?

ECHNATON. Das ist umstritten.

STATIONSARZT. Hören Sie Stimmen, Akin?

ECHNATON. Das kommt darauf an.

STATIONSARZT. Und was sagen die Stimmen? Befehlen Sie Ihnen etwas?

ECHNATON. Nein.

STATIONSARZT. Kommentieren sie, was Sie denken? Beschimpfen sie Sie?

ECHNATON. Nein.

STATIONSARZT. Nun gut, gibt es etwas anderes, das Sie besprechen wollen? Haben Sie Suizidgedanken?

ECHNATON. Nein.

STATIONSARZT. Natürlich müssen wir Ihre Medikamente noch ein bisschen höher setzen, Sie bekommen jetzt zusätzlich alle 14 Tage eine Spritze. Ich denke, das ist auch in Ihrem Interesse. Sie müssen einfach mal ausspannen und sich wieder an eine feste Tagesstruktur gewöhnen. Arbeiten Sie, ich meine, haben Sie einen festen Job?

ECHNATON: Nein.

STATIONSARZT. Sehen Sie, das müssen Sie wieder lernen. Und auch die Drogen sollten Sie aufgeben. Sie nehmen doch Drogen?

ECHNATON. Nein.

STATIONSARZT. Nun gut, das müssen wir dann noch überprüfen. (*Notiert etwas*). Schlafen Sie gut?

ECHNATON. Ja.

STATIONSARZT. Vorsichtshalber setzen wir dafür noch ein bisschen was an. (*Schreibt*). Sie wissen, warum sie hierhin gekommen sind?

ECHNATON. Nein.

STATIONSARZT (*schreibt etwas, steht dann auf und gibt Echnaton die Hand*). Hat mich sehr gefreut, Sie kennen zu lernen, Akin. Sie können jederzeit auf mich zukommen.

ECHNATON. Machen Sie es gut. Ich muss jetzt beten. (*Geht ab. Der Stationsarzt schaut auf seine Notizen, hält dann inne und schmunzelt. Er legt das Papier auf die Atosilbar, zieht den Schlüsselbund aus der Tasche und geht nach links ab*).

3. Szene

WOMPEPI sitzt auf der Couch und isst kalte Bockwürstchen aus einem Glas. LARS-ULRICH tritt von rechts ein, setzt sich auf einen Stuhl und beginnt, in einem Magazin zu blättern, legt es dann aber weg und schaut WOMPEPI an.

WOMPEPI (*hält Lars-Ulrich das Glas mit den Würstchen hin*). Hier, willst du auch eins?

LARS-ULRICH. Danke, ich hatte gerade einen Apfel.

WOMPEPI (*stellt das Glas ab und wischt die Finger an seiner Hose sauber*). Echnaton ist heute auf die Station gekommen.

LARS-ULRICH. Hat er immer noch seine Yoga-Schule?

WOMPEPI. Nicht, dass ich wüsste.

LARS-ULRICH. Und, ist er immer noch mit seiner Freundin zusammen?

WOMPEPI. Glaube ich schon. Ich habe sie neulich noch beide in der Stadt gesehen.

LARS-ULRICH. Ich habe jetzt Ausgangsstufe 7. Nächstes Wochenende darf ich für einen Tag nach Hause.

WOMPEPI. Schön für dich, freut mich, wirklich. (*Wird leiser*). Kannst du mir nicht was von der Platte mitbringen? Für einen Zehner oder so? Morgen kriege ich Geld von meinem Betreuer. Ich darf nur ins Café und auf das Gelände, das ist alles ein bisschen schwierig, weißt du? Du kannst auch mitrauchen.

LARS-ULRICH (*lacht höflich*). Nein danke, das Zeug rühre ich nicht mehr an.

WOMPEPI. Dann gebe ich dir ein Eis aus. Nur einen Zehner, bitte!

LARS-ULRICH. Mal schauen, was sich machen lässt. Was ist, wenn Kuntz was merkt?

WOMPEPI. Der merkt nichts mehr. Wie soll der schon was merken?

LARS-ULRICH. Das sieht man doch an den Augen.

WOMPEPI. Notfalls sage ich, ich hätte mir in der Cafeteria was gekauft. Ich glaube aber nicht, dass der was merkt.

LARS-ULRICH. Mal schauen. (*Er schaut zur Tür. Echnaton betritt den Raum, setzt sich auf den freien Stuhl und beginnt zu brabbeln*).

ECHNATON. Wenn die Menschen lernen, ihr Karma zu erkennen und zu akzeptieren, wenn sie wissen, woher sie kommen und wohin sie gehen, Merit, vielleicht werden sie dann aufhören, Kriege gegen sich selbst und ihre Mitmenschen zu führen, was glaubst du? Wenn das Licht des Verstandes und des Herzens diese dunklen Mysterien durchdringt, wenn alle hellsichtig sind, irgendwann einmal, vielleicht wird dann die Menschheit ihrer Bestimmung um einen Schritt näher sein. Aber was ist diese Bestimmung, Merit, ist es diese, dass wir werden wie die Heiligen und keine Begierden mehr haben außer dem Schöpfer nahe zu sein, wie die Engel, die einstmals Menschen waren ganz wie wir? Oder werden wir sein wie der gefallene Engel, der einst als leuchtender Stern am Himmel stand? Das Licht leuchtet in der Finsternis, doch die Finsternis hat es nicht erkannt. Sollen wir aber nicht auch die Finsternis lieben, die Abgründe, die Monstren der Dunkelheit und der Verblendung? Wofür leben wir, Merit? Doch nur, um stets voran zu schreiten, in Kreisen und immer größeren Kreisen. Der Schleier der Maya, kannst du ihn abwerfen? Lug und Trug beherrschen die Welt. Der Mensch ist des Menschen Wolf. Cavete!

WOMPEPI. Hört sich teilweise echt gut an, was du sagst, auch wenn ich nicht alles verstehe. Ich bin selbst Dichter, weißt du? Magst du eine Wurst?

ECHNATON (*fingert eine Wurst aus dem Glas und hält sie hoch*). Und er nahm das Brot, brach es und sprach: Dies ist mein Leib, der für euch gebrochen wurde. Jede Kalorie ist wertvoll, wer weiß, wie lange wir noch im Überfluss leben, satt, saturiert, doch fern der Heimat. Kleines auf Kleines gilt es zu häufen, um Großes zu bauen, doch wer hoch steigt, wird tief fallen, drum bleiben wir am Boden und genießen unsere Bockwurst. (*Beißt ab*).

LARS-ULRICH. Hast du noch deine Yoga-Schule?

ECHNATON. Ich verkünde das Karma.

WOMPEPI. Karma. Habe ich auch schon mal was von gehört.

LARS-ULRICH. Ich fand die Sadhus immer schon klasse.

WOMPEPI. Ich hatte mal eine Platte von Ravi Shankar.

ECHNATON. Einst war ich ein König, jetzt bin ich ein Bettler.

LARS-ULRICH. Habt ihr schon mal Salbei geraucht?

WOMPEPI. Ich habe schon mal Pilze genommen. Fand ich aber zu heftig.

LARS-ULRICH. Wenn man Salbei raucht, dann gehen die Nebenwirkungen von den Medikamenten weg.

ECHNATON. Ich danke euch, Freunde. (*Geht ab*).

WOMPEPI (*schaut ihm nach, dann gedämpft*). Aber kauf bei Willi, nicht bei Uli, da kriegt man mehr und bessere Qualität.

LARS-ULRICH. Mal schauen.

WOMPEPI. Und bring auch Salbei mit.

LARS-ULRICH. Kann ich machen. Gehen wir eine rauchen?

WOMPEPI. Hast du Tabak?

LARS-ULRICH. Ich gebe dir eine aus.

WOMPEPI. Oh, das ist lieb von dir. (*Beide stehen auf und gehen ab*).

4. Szene

Die GROSSE SCHWESTER steht in der Atosilbar und stellt Medikamente.

Hilfspfleger KUNTZ sitzt am Tisch und liest in einem Magazin.

KUNTZ. Wusstest du, dass Tutanchamun mit neun Jahren König geworden ist?

GROSSE SCHWESTER. Welcher Tutanchamun? Unserer?

KUNTZ. Nein, der richtige. Sie schreiben, dass er umgebracht wurde.

GROSSE SCHWESTER. So? Warum?

KUNTZ. Das steht hier nicht. (*Blättert eine Seite um*). Und Nofretete war die schönste Frau Ägyptens.

GROSSE SCHWESTER. So? Steht das da?

KUNTZ. Ich finde sie nicht so toll. Der fehlt ja ein Auge.

GROSSE SCHWESTER. So? Warum?

KUNTZ. Das steht hier auch nicht.

GROSSE SCHWESTER. Ach so. (*Flucht plötzlich.*) Scheiße, jetzt habe ich mich vertan, der Pharao kriegt ja gar kein Dapotum! So ein Mist!

KUNTZ. Macht ja nichts. Denkst du, der merkt das?

GROSSE SCHWESTER. Da hast du auch wieder Recht. (*Stellt weiter Medikamente. Plötzlich hört man das Klingeln eines Schlüsselbundes, und der Oberarzt betritt die Szene*).

OBERARZT. Hallo, hallo.

14

GROSSE SCHWESTER. Schönen guten Tag, Herr Doktor.

OBERARZT. Hallo, hallo. (*Zu Kuntz*). Na, Kuntz, nichts zu tun? Wie geht es denn unserem Ägypter?

KUNTZ (*legt hastig das Magazin beiseite und steht auf*). Ich glaube, die Medikamente schlagen schon an. Er brabbelt nur noch halb so laut wie vorher. Es gibt aber immer noch Beschwerden von Mitpatienten.

OBERARZT. Schön, schön, Kuntz.

GROSSE SCHWESTER. Kuntz, du könntest einmal die Handtücher im Badezimmer auffüllen. Und schau nach, ob überall genügend Toilettenpapier ist.

KUNTZ. Mach ich. (*Geht ab*).

GROSSE SCHWESTER. Hatten Sie heute auch Ochsenbrust? Ich fand sie ein bisschen zu sehr durch.

OBERARZT. Mir hat sie geschmeckt.

GROSSE SCHWESTER. Den Patienten auch. Zwei haben sich um das letzte Stück gestritten, und einer wollte dann mit der Gabel auf den anderen los. Wie die Tiere!

OBERARZT. Ja, Ja, da haben Sie ganz recht. Es sind Tiere.

GROSSE SCHWESTER. Wir haben den Pfleger von der 13 geholt und den Patienten erst einmal fixiert. Sie müssen noch das Protokoll unterschreiben.

OBERARZT. Gut, gut, was gibt es sonst?

GROSSE SCHWESTER. Wompepi fragt immer noch ständig nach seinem Bedarf. Wir haben schon fast kein Tavor mehr im Schrank.

OBERARZT. Und sonst?

GROSSE SCHWESTER. Alles im grünen Bereich. (*Stellt weiter Medikamente. Der Oberarzt sucht eine Akte heraus, blättert darin und macht Eintragungen. Wompepi und Lars-Ulrich treten ein*).

WOMPEPI. Wunderschönen guten Tag, Herr Doktor. Wie geht es Ihnen?

OBERARZT (*blickt auf und lächelt dann väterlich*). Tag, Herr Wompepi. Man kann nicht klagen. Und selbst?

WOMPEPI. Ja, es geht.

OBERARZT. Und was macht die Dichtkunst?

WOMPEPI. Ja, ich habe neulich noch ein bisschen geschrieben, aber immer kann ich das nicht.

OBERARZT. Gut, gut, und sonst? Alles im grünen Bereich, wie man so schön sagt?

WOMPEPI. Es geht.

LARS-ULRICH (*reicht dem Oberarzt die Hand*). Guten Tag, Herr Oberarzt. Wie geht es Ihrer Frau?

OBERARZT (*schlägt ein*). Ich kann nicht klagen.

LARS-ULRICH. (*bemüht*). Ich wollte mich noch einmal bedanken, dass Sie mir Ausgangsstufe 7 gegeben haben.

OBERARZT. Na, das haben Sie ja auch sich selbst zu verdanken. Wie lange sind Sie jetzt bei uns?

LARS-ULRICH. Sieben Monate.

OBERARZT. Na, dann wird es ja auch Zeit, langsam in Richtung Abschied zu denken.

LARS-ULRICH. Ich weiß nicht, Herr Doktor. (*Wompepi und Lars-Ulrich setzen sich*).

OBERARZT (*zur Großen Schwester*). Das Risperdal für Herrn Norten ist abgesetzt, dafür bekommt er 5 Milliliter Haldol Depot alle 10 Tage. Neurocil Tropfen auf viermal 150 täglich. Das Gleiche für Herrn Schicksal. Herr Norten bleibt weiterhin in Fixierung. (*Klappt die Akte zu*).

WOMPEPI (*unterdrückt*). Schwester! Schwester? (*Macht eine Geste, als wenn er eine Tablette einwerfen würde*).

GROSSE SCHWESTER. Wenn Sie etwas von mir möchten, müssen Sie schon zu mir kommen und vernünftig sprechen.

WOMPEPI (*steht schwerfällig auf und schlurft zur Atosilbar*). Liebe, liebe Schwester, ich habe eine ganz kleine Bitte, eine winzige Bitte nur: Könnte ich wohl meinen Bedarf haben, wenn Sie so freundlich wären?

GROSSE SCHWESTER. Sie sehen doch, dass ich gerade Tabletten stelle.

OBERARZT (*zieht seinen Schlüsselbund aus der Tasche*). So, meine Herren, machen Sie es gut. (*Geht nach links ab. Man hört das Klirren des Schlüsselbundes*).

LARS-ULRICH. Auf Wiedersehen, Herr Doktor.

WOMPEPI. Bitte, bitte.

17

GROSSE SCHWESTER. Herr Wompepi! Ständig fragen Sie nach Ihrem Bedarf! Sie haben doch heute schon zweimal Bedarf bekommen!

WOMPEPI. Bitte, bitte. Ich bin so unruhig.

GROSSE SCHWESTER. Wenn Sie die Tabletten immer nehmen wollen, gehen Sie zum Stationsarzt und besprechen das mit ihm.

WOMPEPI (*zuckt mit den Schultern und macht eine verzweifelte Grimasse*). Habe ich ja schon. Das will er ja nicht.

GROSSE SCHWESTER. Das ist aber die letzte für heute. (*Gibt Wompepi eine Tablette*). Lutschen. Das wissen Sie ja.

WOMPEPI (*hält die Tablette in die Höhe, betrachtet sie und steckt sie in den Mund*). Danke, liebe Schwester, danke. (*Zu Lars-Ulrich*). Gehen wir eine rauchen? (*Lars-Ulrich steht auf, beide gehen ab*).

GROSSE SCHWESTER (*klappt eine Akte auf und macht eine Notiz*). Tavor, 2,5 Milligramm. Patient klagt über Unruhe. (*Legt die Akte weg und geht nach links ab. Man hört das Klirren eines Schlüsselbundes*).

5. Szene

Man hört das Klirren eines Schlüsselbundes. Von links kommt der ANSTALTSPFARRER in den Raum, schaut sich um und setzt sich dann auf die Couch. Von rechts kommt ECHNATON herein, nickt dem ANSTALTSPFARRER zu und setzt sich auf einen Stuhl.

ECHNATON. Guten Tag.

ANSTALTSPFARRER. Guten Tag.

ECHNATON. Entschuldigen Sie, darf ich fragen, wer Sie sind?

ANSTALTSPFARRER. Ich bin der hiesige Pfarrer. Mein Name ist Schulze-Wissendorf. Ich habe eine Verabredung mit einem Patienten.

ECHNATON. Angenehm.

ANSTALTSPFARRER. Und wie heißen Sie?

ECHNATON. Ich bin „Der mit der garstigen Pfeife raucht". Das ist mein Indianername. Ich werde in der nächsten Inkarnation ein Indianer sein.

ANSTALTSPFARRER. So, ein Indianer, und das wissen Sie jetzt schon?

ECHNATON. Ja.

ANSTALTSPFARRER. Das hört sich interessant an.

ECHNATON. Ich halte mich zudem für eine Reinkarnation des ägyptischen Pharaos Amenhotep IV., der sich selbst Echnaton nannte und eine neue Stadt und einen neuen Glauben gründete.

ANSTALTSPFARRER. Sehr interessant.

ECHNATON. Zudem war ich zur Zeit Christi einer der Jünger des Rabbi.

ANSTALTSPFARRER. Sie meinen...?

ECHNATON. Ich habe die apokalyptischen Visionen erlebt und die Sendschreiben an die sieben Gemeinden verfasst.

ANSTALTSPFARRER. Aber die Niederschrift der Apokalypse war wahrscheinlich wesentlich später als die Zeit der Jünger Jesu.

ECHNATON. Sehen Sie.

ANSTALTSPFARRER. Sind sie schon länger auf der Station?

ECHNATON. Nein. (*Beide schweigen eine Zeitlang*). Ich möchte mit Ihnen über das Tier aus der Apokalypse sprechen.

ANSTALTSPFARRER. Gerne.

ECHNATON. Das Tier aus der Apokalypse ist genau die Kraft, die sich während der IV. Dynastie in Horus Mykerinos inkarnierte, für den aus verschiedenen Gründen die kleinste der drei Großen Pyramiden von Gizeh erbaut wurde, der nicht sterben wollte und die Nacht zum Tag wandelte, indem er immer wachte, die Frauen nach Gutdünken gebrauchte und so ein immerwährendes Fest feierte, bis man seinen Leichnam zu Grabe trug. Der Geist wurde frei, ein uralter Geist, ein mächtiger Geist, und er setzte sich in den Gelben

20

Kaiser, den Begründer des chinesischen Kaiserreiches. Er weste in ihm, doch alt wurde sein Körper, schwächer die Glieder, und jede Zauberkunst wendete der Kaiser an, um sein Leben endlos zu dehnen. Nach Unsterblichkeit trachtete auch er, und eine Armee von verzauberten Kriegern begleitete ihn schließlich ins Grab.

ANSTALTSPFARRER. Sehr interessant.

ECHNATON. Der Geist zog weiter, er wandelte in der Levante, wo er ein Licht sah, das geboren wurde. Wo Licht ist, will ich Finsternis machen, sprach der Geist, und erprobte den Willen unseres Meisters. Doch in ihm hatte er keine Zuflucht, ihn konnte er nicht verderben, der Vater schickte einen feurigen Geist, stärker und fester im Glauben als alles, was vorher war, und der Dämon beschloss, die Kirche unseres Herrn zu bekämpfen und zu verderben. Leichtes Spiel hatte er, die Zeit war mit ihm, vielfältig sind die Seelen, die er verführte, für Gold, für Ruhm, für Macht. Auch heute liebt er noch den Krieg, den Hass, die Verheerung, das Rauben, Morden, Brandschatzen, Vergewaltigen. Aber es besteht Hoffnung.

ANSTALTSPFARRER. Glauben Sie?

ECHNATON. Ja. (*Lars-Ulrich und Wompepi treten ein*).

LARS-ULRICH. Ach, Herr Pfarrer, Sie sind wegen mir da? Ich hoffe, Sie haben nicht auf mich gewartet.

ANSTALTSPFARRER. Nein, nein. (*Zu Echnaton*). Es hat mich sehr gefreut. Wir können uns gerne ein anderes Mal weiter unterhalten. (*Gibt ihm die Hand*).

ECHNATON (*schlägt ein*). Leben Sie wohl, Herr Schulte-Spüntrup.

(*Anstaltspfarrer und Lars-Ulrich gehen ab*).

WOMPEPI. Kommst du mit, eine rauchen?

ECHNATON. Man gönnt sich ja sonst nichts. (*Beide stehen auf*).

WOMPEPI. Hast du noch Filter?

ECHNATON. Einen kann ich dir geben. (*Beide gehen ab*).

2. Akt

1. Szene

Hilfspfleger KUNTZ sitzt auf der Couch und blättert in einem Magazin. Es klingelt an der Eingangstür zur Station. KUNTZ geht zur Tür und zieht dabei den Schlüsselbund aus der Tasche. Nach kurzer Zeit kommt er mit der FREUNDIN Echnatons wieder.

KUNTZ. Warten Sie bitte hier, ich hole Ihren Freund.

FREUNDIN. Ist gut. (*Atmet schwer, stöhnt ein wenig, stellt ihre Tasche ab und setzt sich auf einen Stuhl. Kuntz geht ab. Die Freundin holt eine Toilettenpapierrolle aus der Tasche, reißt ein Stück ab und schnäuzt sich. Nach einer Weile kommen Echnaton und Kuntz*).

ECHNATON (*freudig*). Maus!

FREUNDIN. Mein Bärchen. (*Steht auf, sie umarmen sich und geben sich einen Kuss. Beide setzen sich auf die Couch*).

ECHNATON. Hast du mir Tabak mitgebracht?

FREUNDIN. Ein Päckchen. (*Holt ein Päckchen Tabak aus der Tasche und legt es auf den Tisch*).

ECHNATON. Die schnorren hier wie die Wildsäue.

FREUNDIN. Du sollst doch nicht alles abgeben.

KUNTZ (*zur Freundin*). Ich muss noch Ihre Tasche durchsuchen. Darf ich bitte einmal?

23

FREUNDIN (*gibt Kuntz die Tasche*). Wenn es sein muss.

KUNTZ (*geht zur Atosilbar und beginnt, die Tasche zu durchsuchen, holt einige gebrauchte Taschentücher heraus, dann eine Tabakdose, öffnet sie, schaut hinein, wühlt mit den Fingern darin, schließt sie und packt alles in die Tasche zurück*). Alles in Ordnung. (*Legt die Tasche auf den Tresen*).

FREUNDIN. Kann ich meine Tasche jetzt wiederhaben?

KUNTZ. Bitte. (*Schlägt eine Akte auf und tut, als würde er darin lesen. Die Freundin geht zur Atosilbar, holt die Tasche und setzt sich wieder zu Echnaton*).

FREUNDIN. Wann gibt es denn bei euch Abendbrot?

ECHNATON. Um sechs.

FREUNDIN. Zu Mittag hast du nichts mehr gegessen, oder?

ECHNATON. Nein, es war schon zu spät.

FREUNDIN. Und, wie sind die Leute hier auf der Station?

ECHNATON. Ein paar kenne ich noch.

FREUNDIN. Ich hab dich lieb, mein Bär. (*Sie geben sich einen Kuss*). Hast du Ausgang?

ECHNATON. Nein.

FREUNDIN. Hast du schon mit dem Arzt gesprochen?

ECHNATON. Ja.

FREUNDIN. Und, wie ist er?

ECHNATON. Ganz nett. Vielleicht ist er Rosenkreuzer.

FREUNDIN. Ach, Bär. (*Sie nehmen sich bei der Hand und schweigen. Wompepi und Lars-Ulrich kommen herein und setzen sich auf die Stühle*).

LARS-ULRICH. Hallo! Wir dürfen doch?

ECHNATON. Klar.

WOMPEPI (*zur Freundin*). Hallo Mafalda! Wie geht's?

FREUNDIN. Ja, es geht.

WOMPEPI. Na, besuchst du dein Bärchen? (*Zu Echnaton*) Ich bin ganz verliebt in deine Freundin.

ECHNATON. Ich weiß.

FREUNDIN. Du hast doch sicher wieder ein zweites Mittagessen geschnorrt, Wompepi.

WOMPEPI (*energisch*). Nein, habe ich nicht! Nur zwei Puddings, die übrig waren, ehrlich! Hast du noch Filter?

FREUNDIN. Nein, habe ich nicht.

WOMPEPI. Wirklich nicht?

ECHNATON. Nicht zu glauben.

FREUNDIN. Wompepi, jetzt ist Schluss!

ECHNATON. Du kannst einen von mir haben.

WOMPEPI. Danke, mein lieber Echnaton. Du bist ein Schatz.

KUNTZ (*blickt von der Akte auf*). Ihr bekommt alle heute eure Spritze.

WOMPEPI und LARS-ULRICH (*im Chor*). Wissen wir!

KUNTZ. Die Schwester holt euch dann auf eure Zimmer.

WOMPEPI und LARS-ULRICH. Wissen wir!

FREUNDIN (*zu Echnaton*). Kriegst du auch eine Spritze?

ECHNATON. Ja.

FREUNDIN. Viel?

ECHNATON. Es wird ausreichen.

FREUNDIN. Bär! Ich hab dich lieb (*Gibt ihm einen Kuss*).

WOMPEPI (*zu Lars-Ulrich*). Kommst du mit in die Cafeteria?

LARS-ULRICH. Ja, lass uns losgehen.

WOMPEPI (*laut zu Kunz*). Kuntz, lässt du uns bitte raus? Wir wollen ins Café.

KUNTZ (*holt seinen Schlüssel heraus*). Aber klar. (*Geht zur linken Tür, man hört das Klirren des Schlüsselbundes*).

WOMPEPI und LARS-ULRICH (*stehen auf, Lars-Ulrich gibt Echnatons Freundin die Hand*). Tschüss!

FREUNDIN. Tschüss!

ECHNATON. Auf Wiedersehen. (*Wompepi und Lars-Ulrich gehen nach links ab. Man hört Schlüsselgeklirr, dann kommt Kuntz wieder*).

KUNTZ. Ihr könnt jetzt noch zusammen eine rauchen, dann muss Ihre Freundin gehen. Sie gehen danach bitte auf Ihr Zimmer, die Schwester kommt gleich mit der Spritze.

ECHNATON. Alles klar.

FREUNDIN. Bär! (*Beide gehen ab. Kuntz geht zur Atosilbar, klappt die Akte zu, kratzt sich am Kopf und geht nach rechts ab*).

2. Szene

Die GROSSE SCHWESTER betritt von rechts die Szene, in der Hand ein kleines Tablett mit einer Spritze. Sie stellt das Tablett auf die Atosilbar, wirft die Spritze in einen Mülleimer, klappt eine Akte auf und macht Vermerke. ECHNATON tritt ein und setzt sich auf die Couch. Er ist sichtlich benommen. Von rechts kommt ein Patient, setzt sich auf einen Stuhl und beginnt, in einer Zeitschrift zu blättern.

PATIENT (*legt die Zeitschrift auf den Tisch*). Du siehst aber ganz schön fertig aus.

ECHNATON. Ich habe gerade eine Spritze gekriegt.

PATIENT. Das sieht man.

ECHNATON. Kriegst du auch eine Spritze?

PATIENT. Natürlich. (*Beginnt wieder in der Zeitschrift zu lesen. Man hört Schlüsselgeklapper, und der Oberarzt tritt ein*).

OBERARZT. Na, meine Herren, wie geht es?

ECHNATON. Beschissen.

GROSSE SCHWESTER. Ich habe ihm gerade sein Depot gegeben.

OBERARZT. Na, dann werden Sie ja bestimmt bald wieder gesund, Herr...?

ECHNATON. Echnaton.

OBERARZT (*schmunzelt*). Na, das ist doch bestimmt nicht Ihr richtiger Name, oder?

ECHNATON. Das stimmt. (*Es klingelt an der Eingangstür. Die Große Schwester geht zur Tür und man hört das Klappern eines Schlüsselbundes. Sie kommt mit Wompepi und Lars-Ulrich zurück. Die beiden setzen sich*).

PATIENT (*unvermittelt zum Oberarzt*). Sie sind der Teufel. (*Wird lauter*). Weiche von mir, Satan! (*Schreit*). Satan, weiche von mir!

OBERARZT. Na, na, na, Herr Schreckenberger, sie brauchen doch nicht gleich so drastisch zu werden.

ECHNATON (*schläfrig*). Der Satan ist nicht allmächtig.

PATIENT. Weiche von mir, Satan! (*Spuckt auf den Boden und geht ab*).

OBERARZT. Ja, Ja, so sind sie. (*Geht zur Atosilbar, macht eine Eintragung in eine Akte und geht ab*).

ECHNATON. Geht das hier immer so ab?

WOMPEPI. Ach, der simuliert nur. Das ist ein Simulant. Der kommt von der Platte und erholt sich hier.

LARS-ULRICH. Genau, der simuliert nur.

ECHNATON. Ach so. (*Nimmt eine Zeitschrift vom Tisch und beginnt, darin zu blättern*).

LARS-ULRICH. Hast du noch deine Yoga-Schule?

ECHNATON (*schläfrig*). Im Moment kann ich kein Yoga machen.

LARS-ULRICH. Schade.

WOMPEPI. Wer hat denn noch einen Filter für mich?

ECHNATON. Frag Echnaton.

WOMPEPI. Echnaton, hast du noch einen Filter für mich? Oder zwei?

ECHNATON. Einen.

WOMPEPI. Danke, Echnaton. Wer kommt mit, eine rauchen?

LARS-ULRICH. Ich komme mit. (*Beide gehen ab*).

ECHNATON (*beginnt zu brabbeln*). Na, Merit, was sagst du zu der Scheiße? Du hast das ja alles selbst miterlebt, damals, als die Nazis dran waren, und sie haben dich zu Tode kuriert. Ich konnte nichts machen damals, Merit, und heute wird es mein eigenes Schicksal sein. Ihre Enkel sind unsere Ärzte, Dr. Mengele lebt weiter. Kann man es ihnen verdenken? Ich glaube schon. Entweder sind es Knechte, die willenlos Befehlen gehorchen, oder sie sind abgestumpft, oder es sind Heiden, denen Menschlichkeit nichts zählt. Wie soll man sie erkennen? Viele Gesichter hat der Satan.

GROSSE SCHWESTER. Wenn Sie nicht aufhören zu brabbeln, gehen Sie auf Ihr Zimmer.

ECHNATON. Ich gehe auf mein Zimmer. (*Geht ab*).

GROSSE SCHWESTER. Na endlich. Ist ja unerträglich. (*Klappt die Akte zu und geht nach links ab. Man hört das Klirren eines Schlüsselbundes*).

3. Szene

Nach dem Abendessen. ECHNATON sitzt auf der Couch und schaut in die Ferne. Ab und zu bewegt er den Mund, als führe er Selbstgespräche. Von rechts kommt die GROSSE SCHWESTER und stellt ein Tablett mit Medikamentenbechern vom Medizinschrank auf den Tresen.

GROSSE SCHWESTER (*ohne Echnaton anzuschauen*). Haben Sie schon Abendbrot gegessen?

ECHNATON. Ja.

GROSSE SCHWESTER. Dann nehmen Sie bitte jetzt Ihre Medikamente. (*Rückt einen der Becher vor. Dann energisch*). Bitte!

ECHNATON (*steht auf, geht zur Atosilbar und trinkt den Becher aus*). Ganz schön bitter.

GROSSE SCHWESTER (*stellt ihm noch einen weiteren Becher hin*). Und das bitte auch. (*Echnaton trinkt*). Zur Nacht bekommen Sie noch etwas zum Schlafen.

ECHNATON. So. (*Setzt sich wieder auf die Couch. Wompepi und Lars-Ulrich treten ein*).

GROSSE SCHWESTER. Nehmen Sie bitte auch Ihre Medikamente.

WOMPEPI und LARS-ULRICH (*im Chor*). Aber klar!

GROSSE SCHWESTER. So, einmal Wompepi. (*Stellt ihm zwei Becher hin*). Und einmal der junge Herr. (*Stellt Lars-Ulrich zwei Becher hin*).

WOMPEPI (*schaut in einen der Becher*). Wann bekomme ich denn meinen Bedarf für die Nacht?

GROSSE SCHWESTER. Nicht vor 10 Uhr. Darf ich jetzt bitten?

WOMPEPI und LARS-ULRICH (*schütten jeweils eine Anzahl Tabletten aus einem Becher in die Hand, werfen sie ein, nehmen den anderen Becher, stoßen an*). Prost! (*Sie trinken*). Das war gut. (*Beide setzen sich zu Echnaton*).

GROSSE SCHWESTER (*stellt die leeren Medikamentenbecher weg*). Wer geht denn nachher noch mit Kuntz in den Park?

WOMPEPI und LARS-ULRICH. Wir!

ECHNATON. Darf ich auch mit? Der Arzt hat mir Ausgangsstufe 2 eingetragen.

GROSSE SCHWESTER. Sie sind nicht gruppenfähig. Vielleicht geht Kuntz in der Woche einmal alleine mit Ihnen.

LARS-ULRICH. Da kann man nichts machen.

WOMPEPI. Ist eben so.

ECHNATON. Ein bisschen frische Luft könnte ich aber gebrauchen. Bringt ihr mir welche mit?

LARS-ULRICH (*lacht*). Machen wir.

WOMPEPI. Wie viel brauchst du denn? Eine Tüte?

ECHNATON. Lieber zwei. Und ein Quäntchen Abendsonne, bitte.

LARS-ULRICH. Wird gemacht. (*Sie schweigen eine Zeitlang*).

WOMPEPI. Hat einer noch einen Filter für mich? Oder zwei?

ECHNATON. Meine Freundin wollte gleich noch kommen.

WOMPEPI. Oh, die frage ich lieber nicht. Die ist immer so hart zu mir. Hast du denn noch Filter?

ECHNATON. Einen.

WOMPEPI. Danke, du bist ein Schatz.

ECHNATON (*schaut plötzlich in die Ferne, beginnt zu brabbeln*). Ja, meine liebe Merit, die Menschen sind so, wie sie sind. Man kann sie nicht ändern. Vielleicht ist das auch gut. Jeder Mensch hat sein Schicksal, sein Karma, seinen eigenen Lebensweg. Manchmal treffen wir uns, dann verlieren wir uns, um uns an einem anderen Ort und zu einer anderen Zeit wieder zu treffen. Wann werden wir uns noch einmal sehen, meine Geliebte, meine Tochter, meine ewige Liebe? Wird es noch in diesem Leben sein? Oder müssen wir noch einmal durch das Bardo wandern?

LARS-ULRICH. Bist du wirklich die Inkarnation von Echnaton?

WOMPEPI. Jetzt lass ihn mal.

ECHNATON. Wie lange ist das her, Merit, dass wir unter dem Himmel Ägyptens wandelten, das Auge des Vaters über uns, seine Lehre in unserem Herzen, wie leicht ging alles am Anfang, der Auszug aus Theben, weg von den Heiligtümern des Amun in Karnak, weg von den Priestern, die mehr Macht als der König wollen, die nach außen prächtig anzusehen sind, mit ihren geschorenen Köpfen, ihren feinen Kleidern und wohlriechenden Salben, innen aber nach Verwesung stinken. Nichts ist ihnen geblieben von der Weisheit der Götter, die doch nur einer sind, Aberglaube und schwarze Magie sind ihr Handwerk, und Verblendung ist ihre Laterne. (*Holt einen Zigarettenfilter aus der Tasche und gibt ihn Wompepi*). Bitte.

WOMPEPI. Danke, du bist ein Schatz. Hast du vielleicht noch einen? Oder zwei?

LARS-ULRICH. Jetzt lass ihn mal.

WOMPEPI. Hätte ja sein können. (*Von rechts kommt Kuntz mit einem Patienten*).

KUNTZ. So, Herr Schreckenberger, jetzt nehmen Sie Ihre Medikamente. (*Nimmt einen Becher und gibt ihn dem Patienten. Einen anderen stellt er vor ihn*). Aber schön alles herunterschlucken.

PATIENT (*nimmt den Becher, holt einzeln die Tabletten heraus und steckt sie nacheinander in den Mund. Trinkt den anderen Becher aus. Dann angewidert*). Bah!

KUNTZ. Und jetzt den Mund aufmachen.

PATIENT (*streckt ihm die Zunge heraus*). Bääh!

KUNTZ (*inspiziert akribisch dessen Rachenraum*). Zunge nach rechts, Zunge nach links, so ist gut, nach oben.

PATIENT. Bääh!

KUNTZ (*zur Großen Schwester*). Scheint in Ordnung.

GROSSE SCHWESTER. Wenn Sie die Medikamente wieder ausbrechen, merken wir das, Herr Schreckenberger.

PATIENT. Pah.

GROSSE SCHWESTER. Kuntz, willst du jetzt mit den Leuten los?

KUNTZ (*in die Runde*). Ihr habt es gehört. (*Zieht seinen Schlüsselbund aus der Tasche*). Also, Leute! (*Geht zur linken Tür, man hört das Klirren des Schlüsselbundes. Von außerhalb*). Was ist? (*Wompepi, Lars-Ulrich und der Patient gehen zur Tür*).

WOMPEPI (*dreht sich noch einmal um*). Tschüss Echnaton.

ECHNATON. Tschüss Jungs.

LARS-ULRICH (*von außerhalb*). Tschüss, bis gleich. (*Alle ab. Echnaton schaut ihnen eine Weile nach, steht dann auf und geht langsam nach rechts ab. Die große Schwester räumt das Tablett mit Medizinbechern auf den Medikamentenschrank, holt eine Schachtel Zigaretten aus der Tasche und geht dann nach rechts ab*).

4. Szene

Es klingelt an der Stationstür. Die GROSSE SCHWESTER kommt nach einiger Zeit von rechts, schüttelt den Kopf, holt ihr Schlüsselbund heraus und geht nach links ab. Man hört das Klappern des Schlüsselbundes, dann betritt die FREUNDIN Echnatons mit der GROSSEN SCHWESTER die Szene. Die GROSSE SCHWESTER geht nach rechts ab. Die FREUNDIN beugt sich vor, stützt sich mit den Händen auf die Oberschenkel und atmet schwer. Dann setzt sie sich auf die Couch, beginnt in ihrer Tasche zu kramen, holt eine Toilettenpapierrolle heraus, reißt eine Bahn ab und schnäuzt sich die Nase. Sie verstaut beides wieder in der Tasche. Nach kurzer Zeit kommt ECHNATON von rechts herein und setzt sich zu ihr. Sie geben sich einen Kuss.

ECHNATON. Die Schwester hat mich noch angefahren. Ich soll hier auf dich warten, wenn ich weiß, dass du kommst.

FREUNDIN. Ach Bärchen. (*Sie geben sich noch einen Kuss*).

ECHNATON. Der Arzt hat mir ganz schön Stoff verordnet.

FREUNDIN. Du wirkst auch ein bisschen benommen. Darfst du schon raus?

ECHNATON. Ich habe Ausgangsstufe 2, aber irgendwie darf ich doch nicht. Die Schwester sagt, ich sei nicht gesellschaftsfähig.

FREUNDIN. Ach Bär. (*Gibt ihm einen Kuss auf die Wange*).

ECHNATON. Die anderen sind gerade draußen.

35

FREUNDIN. Lars-Ulrich auch?

ECHNATON. Sind beide draußen.

FREUNDIN. Der ist lieb, nicht wahr?

ECHNATON. Er fragt immer nach meiner Yogaschule.

FREUNDIN (*lacht*). Ach Bär. Aber Wompepi geht mir auf den Senkel, der alte Schnorrer. Er grabscht alles mit seinen fettigen Fingern an und wischt sich immer die Hände an seiner Hose ab. Eklig.

ECHNATON. Er ist aber auch lieb.

FREUNDIN. Wenn man ihm einmal etwas gegeben hat, glaubt er, dass er ein Abonnement hat. Man kann sagen, was man will. Er versucht es immer wieder. Und alle geben ihm etwas. Er ist so dreist.

ECHNATON. Stimmt. (*Nach einer Weile*). Ich mach mir ein bisschen Sorgen um Lars-Ulrich. Der Pfarrer war heute bei ihm.

FREUNDIN. Professor Schulze-Wissendorf?

ECHNATON. Der Anstaltspfarrer. Ich weiß nicht mehr genau, wie er heißt.

FREUNDIN. Er ist sehr nett.

ECHNATON. Ja.

FREUNDIN. Was hat Lars-Ulrich denn?

ECHNATON. Vielleicht Depressionen oder so was. Ich weiß nicht. Nächste Woche wollen sie ihn entlassen.

FREUNDIN. An seiner Stelle wäre ich froh.

ECHNATON. Er ist es aber nicht.

FREUNDIN (*seufzt*). Ach Bär.

ECHNATON. Sollen wir eine rauchen gehen? (*Beide stehen auf und gehen ab. Man hört Schlüsselgeklapper. Von links kommen Kuntz und die drei Patienten herein*).

WOMPEPI (*zu Lars-Ulrich*). Guckst du heute auch Star Trek?

LARS-ULRICH. Ich glaube, ich werde auf mein Zimmer gehen und mich hinlegen.

WOMPEPI. Lass das aber nicht den Oberarzt merken. Sonst kriegst du einen Vermerk.

LARS-ULRICH. Ach, das ist mir egal.

WOMPEPI. Nächste Woche kommst du raus, nicht wahr?

LARS-ULRICH. Je nachdem, wie das Wochenende wird. Eigentlich will ich noch gar nicht.

WOMPEPI. Ja, das Essen ist gut hier. Hattest du auch Ravioli als Abendbeilage?

LARS-ULRICH. Ganz wenig. Es war fast nichts mehr da.

WOMPEPI. Ich hatte Glück, ich habe noch zwei Portionen bekommen.

LARS-ULRICH. Gute Nacht. (*Gähnt und geht ab*).

WOMPEPI. Hat einer von euch noch einen Filter?

KUNTZ. Ich rauche nicht mit Filter.

WOMPEPI (*zum Patienten*). Du?

PATIENT (*winkt ab*). Hau ab!

WOMPEPI. Bitte.

PATIENT. Nein. (*Spuckt auf den Boden und geht nach rechts ab*).

KUNTZ (*ruft ihm nach*). Herr Schreckenberger, wenn Sie so weiter machen, bekommen Sie Ausgangssperre.

PATIENT (*laut von außerhalb*). Kack drauf!

WOMPEPI (*schüttelt den Kopf*). Das ist ein Kerl. Unmöglich. Hast du wirklich keinen Filter, Kuntz?

KUNTZ. Nein. (*Beide gehen ab*).

5. Szene

KUNTZ lehnt an der Atosilbar und liest ein Magazin. ECHNATON und seine FREUNDIN kommen von rechts. Sie fassen sich an den Händen.

FREUNDIN *(zu Kuntz).* Können Sie mich bitte rauslassen? *(Kuntz holt seinen Schlüsselbund heraus und geht zur Eingangstür).*

ECHNATON. Mach es gut, Maus. *(Gibt ihr einen Kuss).*

FREUNDIN. Ich hab dich lieb. *(Man hört das Klirren des Schlüsselbundes).*

KUNTZ *(von außerhalb, genervt).* Was ist jetzt?

ECHNATON *(leise).* Ich dich auch.

FREUNDIN. Tschüss, Bär. *(Geht ab. Kuntz kommt zurück und liest weiter im Magazin. Echnaton setzt sich auf die Couch und beginnt dann, leise zu brabbeln. Man versteht nicht, was er sagt. Nach einer Weile hört man das Klappern eines Schlüsselbundes. Der Stationsarzt kommt von links herein und setzt sich zu Echnaton. Kuntz liest weiter im Magazin).*

STATIONSARZT. Das trifft sich gut, ich würde gerne einmal mit Ihnen reden. Wie geht es Ihnen, Akin?

ECHNATON. Es geht.

STATIONSARZT. Sie reden immer noch mit sich selber?

ECHNATON. Wenn Sie so wollen.

STATIONSARZT. Ich muss Ihnen leider mitteilen, dass es Beschwerden über Sie gibt.

ECHNATON. So?

STATIONSARZT. Und ich möchte Sie bitten, sich von Lars-Ulrich fern zu halten.

ECHNATON. Warum?

STATIONSARZT. Sie haben ihm erzählt, dass Sie eine Yoga-Schule führen, und jetzt ist er ganz verzweifelt, weil er sich nicht eines Yogi würdig fühlt, und er sagt, Sie wären so viel klüger als er.

ECHNATON. So?

STATIONSARZT. Also sprechen Sie bitte generell nicht mehr über solche Dinge.

ECHNATON. Das kann ich nicht.

STATIONSARZT. Notfalls würde ich auch einer Fixierung zustimmen.

ECHNATON. So.

STATIONSARZT. Ich habe ja gar nichts gegen Sie, im Gegenteil, aber wir müssen natürlich dafür sorgen, dass hier alles reibungslos abläuft.

ECHNATON. Ich verstehe.

STATIONSARZT (*steht auf und reicht ihm die Hand*). Ich wünsche Ihnen noch einen schönen Abend.

ECHNATON (*schlägt ein*). Danke. (*Der Stationsarzt geht zur Atosilbar, holt eine Akte heraus und macht einige Notizen. Kuntz rückt dabei nur unwesentlich zur Seite. Danach geht er zur linken Tür, holt dabei sein Schlüsselbund heraus und geht ab. Man hört das*

Klimpern des Schlüsselbundes. Kuntz liest weiter im Magazin. Echnaton beginnt wieder, leise und unverständlich zu brabbeln. Nach einer Weile hört man erneut das Klappern eines Schlüssels. Der andere Pfleger tritt ein).

PFLEGER (*zu Kuntz*). Alles klar? (*Kuntz blickt kurz auf, brummt zustimmend und weist dann mit einer Kopfbewegung auf Echnaton*). Alles klar. (*Beide gehen langsam zu Echnaton und setzen sich links und rechts neben ihn auf die Stühle*). So, Tutanchamun, du gehst jetzt ins Bett.

KUNTZ (*zu Echnaton, drohend*). Wir verstehen uns?

ECHNATON. Wenn es sein muss. (*Er schaut plötzlich auf, hebt die rechte Hand und macht eine Geste wie der segnende Christus. Dann lässt er die Hand wieder sinken*).

PFLEGER (*zu Kuntz*). Hast du das gesehen? Er wollte mich schlagen.

KUNTZ. Hab ich gesehen. Er wollte dich schlagen. (*Beide ergreifen Echnaton unter den Armen und schleifen ihn mit einiger Gewalt zur rechten Tür. Sie gehen ab. Von außerhalb hört man noch einen kurzen Schmerzensschrei von Echnaton. Dann herrscht Stille*).

3. Akt

1. Szene

Es ist der nächste Tag. WOMPEPI sitzt auf der Couch und starrt in die Ferne. Er ist sichtlich erschüttert. Die GROSSE SCHWESTER steht in der Atosilbar und stellt Medikamente. Von rechts kommt ECHNATON herein, reibt sich die Handgelenke, als wenn sie schmerzten und setzt sich dann zu WOMPEPI auf die Couch.

WOMPEPI. Hast du es schon gehört?

ECHNATON. Was denn? Ich komme gerade aus der Fixierung. Diese Schweine.

WOMPEPI. Lars-Ulrich hat sich heute Nacht die Pulsadern aufge-schnitten.

ECHNATON (*betroffen*). Ach, du Kacke. So etwas hatte ich befürch-tet. Lebt er noch?

WOMPEPI. Er hat quer geschnitten, nicht längs. Er wird wohl durchkommen. Sie haben ihn auf die Somatische verlegt.

ECHNATON. Gott sei Dank.

GROSSE SCHWESTER. Halten Sie sich bitte beide bereit zur Visite? Die Ärzte kommen gleich.

WOMPEPI. Ach, ist Oberarztvisite, Schwester?

GROSSE SCHWESTER. Es sieht so aus. (*Man hört das Klappern eines Schlüsselbundes. Stationsarzt und Oberarzt treten ein, gehen*

geradewegs zur Atosilbar und suchen eine Akte heraus. Der Ober-
arzt macht eine Eintragung und klappt die Akte zu. Der Stations-
arzt ordnet die Akte wieder ein, geht dann zur Sitzgruppe und
setzt sich auf einen Stuhl).

STATIONSARZT (*zu Echnaton*). Wir möchten gerne bei Ihnen an-
fangen. (*Zu Wompepi*). Darf ich Sie dann bitten, uns alleine
zu lassen? (*Wompepi geht. Der Stationsarzt legt ein Blatt Papier*
und einen Stift auf den Tisch). Wir müssen eben warten, bis
sich der Oberarzt zu uns setzt. (*Der Oberarzt klappt eine*
andere Akte auf, liest, schmunzelt dann, klappt die Akte zu und
setzt sich zu dem Stationsarzt und Echnaton).

OBERARZT (*zu Echnaton*). Sie wissen, was heute Nacht passiert ist?

ECHNATON. Ich glaube, ich weiß was Sie meinen.

STATIONSARZT. Herr Mittelweg hat heute Nacht versucht, sich zu
suizidieren.

ECHNATON. Wie geht es ihm?

OBERARZT. Ich glaube, das tut jetzt nichts zur Sache.

STATIONSARZT. Wir haben Grund zu der Annahme, dass Ihr Ein-
fluss die Ursache für diesen Vorfall ist.

OBERARZT. Herr Mittelweg sprach oft von Ihnen.

STATIONSARZT. Sie haben ihm gestern etwas gesagt, das wir
nicht mehr akzeptieren können.

ECHNATON. Was denn?

STATIONSARZT. Das wissen Sie genau.

ECHNATON. Ich bin ratlos. Erzählen Sie mir mehr.

OBERARZT. Sie wissen schon.

ECHNATON. Was soll ich ihm denn Schlimmes gesagt haben?

STATIONSARZT. Wir müssen Sie leider auf die 13 verlegen. Dies hier ist eine Station zur Rekonvaleszenz.

OBERARZT (*väterlich*). Sagen Sie nicht, sie wüssten nicht, dass es Beschwerden gegeben hat. Na, na, tun sie doch nicht so unschuldig.

ECHNATON. Ich bin unschuldig.

STATIONSARZT. So, das hätten wir jetzt geklärt. Packen Sie bitte bis zum Mittag Ihre Sachen zusammen.

ECHNATON. Warum haben Sie mich gestern fixieren lassen?

OBERARZT (*schmunzelt*). Na, so wie es die Pfleger erzählt haben, war das ja wohl unvermeidlich.

ECHNATON. Das sehe ich anders.

STATIONSARZT (*reicht Echnaton die Hand*). So, wenn Sie jetzt bitte dem Herrn Wompepi Bescheid sagen, dass wir in sein Zimmer kommen? (*Echnaton steht wortlos auf und geht ab, ohne einzuschlagen*).

OBERARZT. Kommen Sie mit, Schwester? Wir brauchen Ihre Hilfe. Vergessen Sie die Dokumentation nicht. (*Beide stehen auf und gehen nach rechts ab. Die Große Schwester nimmt einen Stapel Akten, balanciert ihn mühsam vor sich, wobei sie mit dem Kinn den Aktenstapel sichert. Sie geht nach rechts ab. Man hört, wie ein Teil der Akten zu Boden fällt*).

GROSSE SCHWESTER (*von außerhalb*). Scheiße. Scheiße. Scheiße.

2. Szene

*Hilfspfleger KUNTZ sitzt am Tisch und blättert in einem Magazin.
ECHNATON kommt herein mit einer Reisetasche und einer Gitarre. Er
setzt sich auf die Couch, nimmt die Gitarre und beginnt, leise zu spielen.*

KUNTZ. Hören Sie bitte damit auf. (*Echnaton stellt die Gitarre an die
Seite. Wompepi tritt ein*).

WOMPEPI (*überrascht*). Kommst du raus, Echnaton?

ECHNATON. Ich gehe auf Station 13.

WOMPEPI. Wer sagt das?

ECHNATON. Die Ärzte.

WOMPEPI. Scheiße. Auch das noch.

ECHNATON. Da kann man nichts machen.

WOMPEPI. Spielst du etwas für mich?

ECHNATON. Darf ich nicht.

WOMPEPI. Wer sagt das?

ECHNATON. Kuntz.

WOMPEPI (*leise*). Ach, der. (*Kuntz blickt auf*).

ECHNATON. Mach es gut, Wompepi. Gleich muss ich los.

WOMPEPI. Möchtest du dir eine drehen?

ECHNATON. Lass mal. (*Von rechts tritt die Große Schwester ein*).

GROSSE SCHWESTER (*zu Echnaton*). Kuntz bringt Sie jetzt auf Station 13. Kuntz!

KUNTZ (*zu Echnaton*). Haben Sie alles? (*Steht auf*).

ECHNATON. Ja.

KUNTZ. Dann können wir los.

WOMPEPI (*zur Schwester*). Warum kommt Echnaton auf die 13?

GROSSE SCHWESTER. Das geht Sie nichts an.

KUNTZ. Können wir?

ECHNATON (*zu Wompepi*). Mach es gut.

WOMPEPI. Wir sehen uns wieder. (*Umarmt Echnaton und fasst ihn an die Nase*). Schnucki. Mach es gut. Lass dich nicht unterkriegen.

KUNTZ (*zieht seinen Schlüsselbund*). Auf geht's. (*Echnaton nimmt Tasche und Gitarre, beide gehen nach links ab. Man hört das Klappern des Schlüsselbundes. Dann Stille*).

WOMPEPI (*nach einer Weile*). Schwester, kann ich meinen Bedarf haben?

GROSSE SCHWESTER (*gibt ihm eine Tablette*). Lutschen. (*Wompepi nimmt die Tablette und will nach rechts abgehen*). Nehmen Sie die Tablette bitte jetzt, Herr Wompepi.

WOMPEPI (*schlägt die Hacken zusammen und macht einen soldatischen Gruß*). Jawoll, Große Schwester! (*Steckt die Tablette in den Mund und geht ab*).

GROSSE SCHWESTER (*zu sich*). Endlich Ruhe. (*Nimmt eine Zigarettenschachtel heraus und geht nach rechts ab*).

3. Szene

WOMPEPI betritt von rechts die Szene. Er wirkt sehr nachdenklich, kramt kurz mit den Händen in seinen Hosentaschen und setzt sich schließlich auf die Couch.

WOMPEPI (*zu sich selbst*). Scheiße. (*Man hört das Klappern eines Schlüsselbundes. Der Anstaltspfarrer betritt von links den Raum*).

ANSTALTSPFARRER. Ach, guten Tag, Herr Wompepi. (*Setzt sich zu ihm*). Wie geht es Ihnen denn jetzt?

WOMPEPI. Nicht so gut.

ANSTALTSPFARRER. Das kann ich verstehen. Herr Mittelweg ist ein sehr guter Freund von Ihnen, nicht wahr?

WOMPEPI. Wissen Sie, wie es ihm geht?

ANSTALTSPFARRER. Den Umständen entsprechend. Ich war gerade bei ihm. Er darf sogar schon wieder aufstehen.

WOMPEPI. Ich möchte nur wissen, warum er das getan hat.

ANSTALTSPFARRER. Dafür gibt es wohl verschiedene Gründe.

WOMPEPI. Sie haben Echnaton auf die 13 verlegt.

ANSTALTSPFARRER. Sie meinen, Ihren Mitpatienten?

WOMPEPI. Ja. Er war ein feiner Kerl. Grüßen Sie ihn bitte von mir, falls Sie ihn besuchen.

ANSTALTSPFARRER. Das tue ich gerne.

WOMPEPI. Vielen Dank, Herr Pfarrer. Er war ein feiner Kerl.

ANSTALTSPFARRER. Ein außergewöhnlicher Mensch.

WOMPEPI. Das kann man wohl sagen.

ANSTALTSPFARRER. Ach, Herr Wompepi, können Sie mir vielleicht sagen, wo Herr Schreckenberger sich gerade aufhält? Er hatte mich angerufen.

WOMPEPI. Der? Ich glaube, der sitzt im Raucherraum.

ANSTALTSPFARRER. Dann werde ich jetzt mal nachschauen. Alles Gute, Herr Wompepi. (*Reicht ihm die Hand*).

WOMPEPI (*schlägt ein*). Auf Wiedersehen, Herr Pfarrer. (*Der Anstaltspfarrer geht nach rechts ab. Wompepi greift umständlich in eine Hosentasche, dann in die andere und holt ein zerknautschtes Tabakpäckchen heraus. Er öffnet es, nimmt ein Päckchen lange Blättchen in die Hand und schaut sie an*). Scheiße. (*Er legt die langen Blättchen wieder zurück, holt kleine Blättchen und einen Filter heraus, dreht eine Zigarette und steckt sie hinter sein Ohr. Dann steht er auf, schüttelt etwas ungläubig den Kopf und schlurft aus dem Raum*).

Epilog

Einige Tage später. Die GROSSE SCHWESTER steht am Medizinschrank und stellt Medikamente. KUNTZ lehnt am Tresen und liest in einem Magazin. Von rechts kommt WOMPEPI herein.

WOMPEPI. Kuntz!

KUNTZ (*schaut kurz auf*). Ja?

WOMPEPI. Kuntz, kann ich meinen Bedarf haben?

KUNTZ. Da musst du die Schwester fragen.

WOMPEPI. Schon gut. (*Setzt sich auf die Couch, nimmt ein Magazin und blättert darin. Es klingelt an der Stationstür. Kuntz setzt eine wichtige Mine auf, holt seinen Schlüsselbund heraus und geht zur Tür. Man hört das Klappern des Schlüsselbundes*).

KUNTZ (*von außerhalb*). Herr Mittelweg, Sie wissen doch, dass die Besuchszeit erst in fünf Minuten anfängt.

WOMPEPI (*laut*). Lars-Ulrich? Komm, Kuntz, lass ihn doch rein. Einmal kannst du wohl eine Ausnahme machen. (*Man hört Schlüsselgeklapper. Kuntz und Lars-Ulrich treten ein. Lars-Ulrich hat dicke Verbände um beide Handgelenke. Wompepi steht auf, umarmt Lars-Ulrich und klopft ihm auf den Rücken*).

LARS-ULRICH (*streckt die Arme vom Körper ab*). Vorsichtig, vorsichtig. (*Beide setzen sich auf die Couch*).

WOMPEPI. Weißt du, wie es Echnaton geht?

LARS-ULRICH. Das ist ein Ding. Ich habe vorhin mit jemandem von der 13 gesprochen. Die lachen sich nur noch schlapp.

WOMPEPI. Was meinst du?

LARS-ULRICH. Die sitzen den ganzen Tag in einer Runde im Raucherzimmer, Echnaton auch, erzählen sich verrückte Sachen und lachen sich dabei kaputt. Das geht jetzt schon mindestens drei Tage so.

WOMPEPI. Das ist ja ein Ding. (*Lächelt schelmisch, beginnt dann zu singen*).

Wir warten so sehnlichst auf Öko Jesus.

Wir warten so sehnlichst auf seine Majestät.

Wir warten so sehnlichst auf Öko Jesus.

Wir warten so sehnlichst auf seine Majestät.

KUNTZ (*laut*). Bitte!

GROSSE SCHWESTER. Lass sie doch.

LARS-ULRICH (*singt mit*). Öko Jesus.

WOMPEPI. Lass uns in deinen Garten.

LARS-ULRICH. Öko Jesus.

WOMPEPI. Erschein´ dem Papst im Traum.

LARS-ULRICH. Öko Jesus.

WOMPEPI. Lass uns auf dich warten.

LARS-ULRICH. Öko Jesus.

WOMPEPI. Wir küssen deinen Saum.

WOMPEPI und LARS-ULRICH.

Wir warten so sehnlichst auf Öko Jesus.

Wir warten so sehnlichst auf seine Majestät.

Wir warten so sehnlichst auf Öko Jesus.

Wir warten so sehnlichst auf seine Majestät.

GOTT (*von außerhalb*). Na, na, na. (*Wompepi und Lars-Ulrich brechen in schallendes Gelächter aus*).

GROSSE SCHWESTER. Ich glaube, ich höre auch schon Stimmen. Hast du nichts gehört, Kuntz?

KUNTZ (*blättert ungerührt in seinem Magazin*). Nein. (*Wompepi und Lars-Ulrich brechen wiederum in Gelächter aus. Der Vorhang schließt sich*).